心路

梁今明 著

时光溅影·岁月留痕

中山大学出版社
·广州·

版权所有　翻印必究

图书在版编目（CIP）数据

心路/梁今明著 . —广州：中山大学出版社，2017.11
ISBN 978-7-306-06171-3

Ⅰ. ①心… Ⅱ. ①梁… Ⅲ. ①诗集—中国—当代
Ⅳ. ①I227

中国版本图书馆 CIP 数据核字（2017）第 217168 号

出 版 人：	徐　劲
策划编辑：	钟永源
责任编辑：	钟永源
封面设计：	曾　斌
责任校对：	杨文泉
责任技编：	何雅涛
出版发行：	中山大学出版社
电　　话：	编辑部 020 - 84110283，84113349，84111997，84110779
	发行部 020 - 84111998，84111981，84111160
地　　址：	广州市新港西路 135 号
邮　　编：	510275　传　真：020 - 84036565
网　　址：	http：//www.zsup.com.cn
	E - mail：zdcbs@ mail.sysu.edu.cn
印 刷 者：	虎彩印艺股份有限公司
规　　格：	880mm × 1230mm　1/32　5.5 印张　138 千字
版次印次：	2017 年 11 月第 1 版　2017 年 11 月第 1 次印刷
定　　价：	29.80 元

如发现本书因印装质量影响阅读，请与出版社发行部联系调换

目 录

序 ························· 黄天骥　1

海·沙滩 1971.10 ··························· 1
走进校园 1974.09 ·························· 5
图书馆理科读书小组 1975.06 ············· 7
献血 1975.10 ······························· 9
在八木零一课室听老师讲课有感 1976.04 ······ 10
遥祝婚禧 1977.04 ························· 11
笔记本赠言 1977.12 ······················· 12
中大码头 1978.08 ························· 15
天堂通 1980.04 ···························· 17
放 1981.02 ································ 19
李秀芝人物头像对描 1982.06 ············· 21
雨中行 1982.08 ···························· 23
赴长城途中 1982.09 ······················· 27
秋临北大未名湖 1982.09 ·················· 29
归途 1982.09 ······························· 30

火车 1982.10 ·· 32

北江抒怀 1983.07 ·· 34

武大校园傍晚散步有感 1983.07 ················· 37

汉阳古琴台 1983.07 ······································ 39

中大东湖夏夜 1983.08 ·································· 41

秋情 1983.11 ·· 43

希望 1982.04 ·· 44

规矩二则 1986.05 ·· 46

    有才（之一） ·· 46

    意见（之二） ·· 47

哲生堂 1987.05 ·· 49

气功班有感 1988.04 ······································ 50

珠海游（二首）1990 ···································· 51

    过伶仃洋（之一） ···································· 51

    登桂山岛（之二） ···································· 53

童话世界 1991.10 ·· 54

黄龙行 1991.10 ·· 57

黄山情 1993.06 ·· 59

庐山游（六首）1998.08 ······························ 61

    雨上匡庐（之一） ···································· 61

    含鄱口（之二） ·· 63

    仙人洞（之三） ·· 64

青玉峡龙潭（之四） …………………… 65

　　白鹿洞书院（之五） …………………… 66

　　三叠泉（之六） ………………………… 69

登滕王阁 1998.08 ……………………………… 70

人生 1999.07 …………………………………… 71

书店 2000.08 …………………………………… 72

参观韶山毛泽东同志故居 2002.11 …………… 74

课堂的眼睛 2004.09 …………………………… 76

等待 2005.03 …………………………………… 78

合一亭 2006.06 ………………………………… 81

耕牛与小草 2007.11 …………………………… 83

拔河 2008.01 …………………………………… 85

请高歌一曲 2008.01 …………………………… 86

5.12 问川 2008.05 ……………………………… 89

误点 2008.06 …………………………………… 91

冬临北大未名湖 2009.01 ……………………… 93

太极 2009.08 …………………………………… 94

参观校友刘修婉女士书法艺术展有感 2009.11 … 95

郊游（四首）2009.12 ………………………… 96

　　上路（之一） …………………………… 96

　　白水寨（之二） ………………………… 97

　　半山亭（之三） ………………………… 98

畲族村（之四） ·················· 99
康乐园怀旧 2010.02 ··············· 100
在一起·先生·后生 2010.04 ········· 101
人物素描 2010.07 ················ 103
高州水库 2010.07 ················ 105
沸腾吧！广州 2010.11 ············· 107
芙兰花开 2010.11 ················ 109
参观第八届中国（珠海）航展有感 2010.11 ··· 111
卓光炳老师与其椰香斋 2010.04 ······· 112
祝寿 2011.06 ··················· 113
参加61届校友毕业五十周年聚会有感 2011.09 ··· 114
新年锣鼓响 2012.01 ··············· 115
老战士的诗歌朗诵 2012.04 ·········· 119
黄河·兰州 2012.08 ··············· 121
雨随心 2012.09 ·················· 123
五童哀歌 2012.11 ················ 125
梦 2013.06 ····················· 127
粽 2013.06 ····················· 129
美丽传说 2013.09 ················ 130
汉字万岁 2013.10 ················ 132
秋得浮山半日行 2013.10 ············ 135
一束光 2014.11 ·················· 136

参观方立艺术节有感 2014.11 ………………… 138

中国大画家 2015.02 …………………………… 139

走过四十年 2015.05 …………………………… 140

希望城市 2015.10 ……………………………… 143

万绿湖 2016.01 ………………………………… 145

形象 2016.08 …………………………………… 147

辣椒与村落 2016.09 …………………………… 149

画念 2016.09 …………………………………… 151

晚夏之歌 2016.09 ……………………………… 153

后记 ……………………………………………… 155

序

黄天骥

记得有一天，梁今明老师忽然来到中文堂我的办公室，带来了他的诗集《心路》，嘱我为他作序。我实在感到为难，因为近几年主持特大型的《全明戏曲》编纂工作，教学科研任务，很是繁重，不容易抽出时间。另外，我在康乐园虽然生活了六十年，认识不少理科的同学、同事、朋友，但和梁老师却从未谋面，也未知名。被这位不速之客要求作序，若婉却，也未尝不可，但我面皮薄，不好意思矫情拒绝，实在为难尴尬。再一想，有些理科的同事，退休后仍有兴趣从事文学创作，也十分难得，于是勉强从命。

看到梁老师的介绍，我才约略知道他毕业于我校物理系光学专业，后来从事分析测试技术等工作，在科研和教学上都取得了成绩。他从小就喜爱文学与艺术。现在，把多年来对生活的体悟，以诗歌的形式表达出来，让广大读者了解一个长期生活在高校的知识分子心路发展的历程。退而不休，老有所为，也确是很有意义和值得学习的事。

在高校里，自然科学与人文科学，虽有所分工，但必有相同并且交叉融汇的地方。一般来说，自然科学工作者，长于逻辑思维；人文科学工作者，则长于形象思维。但在人的大脑中，思维能力是可以交融贯通的。就理科而言，凡是有成就的科学家，都有想象能力。所谓想象力，便属于形象思维的范畴。几年前，我拜读过诺贝尔物理奖获得者李政道先生在《文艺研究》上发表的有关美学问题的论文，为他的文艺修养所折服；众所周知，钱学森院士对音乐有极其浓厚的兴趣，他的家庭便是科学与音乐的结合体。在我校，著名的生物学家江静波教授，在研究微生物学方面取得卓越的成就,却又能写出长篇小说《师姐》,获得广东鲁迅文艺奖,并且被拍成电影;后来还出版了电影剧本《晚霞》。这一切,都说明能产生具有丰富想象力的形象思维,对自然科学家的重要意义。

诗歌创作,自然需要形象思维。梁今明老师《心路》的许多诗篇,写得活泼生动。像第一首《海,沙滩》,开头儿句:

浅浅的海/弯弯的滩/海是童年的梦想/滩是梦想的摇篮。

作者以海形容童年梦想的远大,以海滩形容梦想的坦荡和踏实,通过海和滩的形象,表现年幼时的心路,颇为贴切和有趣。又如《登桂山岛》,作者写海岛"像一位威严的哨兵/屹立在伶仃之端/沙沙石石/隐现金戈铁马/草草木木/烘托先圣风骨"。短短数语,形象地把作为国防前哨桂山岛的现状和历史,概括无遗。

让我更感兴趣的,是梁今明老师在描写自然的景物和自己的心路历程时,又包含着哲理的思考和情感的抒发。像《仙人洞》:"这是仙人居住的地方/避风、休息、汲水……/这是凡人供奉的地方/烧香、叩头、求签……/仙人脚踏实地/凡人遐想无边"。如果说,前边几句,只是对仙人洞的环景轻描淡写,那么,最后两句,却有振聋发聩的意味。

在《心路》里,《三叠泉》是一首写得很有气势的短诗,作者把字句书明的方式,也颇巧妙地排列为三叠:

  泉可叠
   泉可叠
    其势不可折
  势可折
   势可折
    其流不可断
  流可断
   流可断
    其魂不可灭

我不知道在作者笔下的"三叠泉",是在什么地方?但看来它是一股奔腾曲折的泉水,这才会引起梁老师丰富的联想,并借此抒发自己的情怀。

当然，如果作者在诗的开始，对"三叠泉"的景色略加描绘，可能更使读者感受到意象的生动和韵味的完美。此外，像《汉字万岁》写在电视观看汉字听写大会的感受：

场内场外/心在一齐跳动/手在一起写划

一横一竖/饱蘸着祖宗的智慧

一撇一捺/遵循着千年的图腾

这样的观感，透露出爱国主义精神，也能发人之所未发。

有些诗，梁老师也写得具有哲理意味。像《人生》一诗，既写到人生如在逆水行舟，又如在舞台上扮演角色。我认为，如果在人生中没有经历过酸甜苦辣，是写不出如此深刻的境界的。

梁老师的诗作，篇幅较短，却大多能表达出深隽的感情。而且语言简洁明快，富有节奏感，很符合从事理工科的学者，既长于逻辑思维，又努力融合形象思维的特点。虽然，《心路》这一本诗集，是属业余之作，但我相信梁老师也花费了不少心血，才取得可喜的成绩。

我对新诗没有研究，由于从事文学教学科研

工作，也注视着新诗的发展。我不欣赏那些写得迷蒙晦涩的诗作，也不欣赏把诗歌写成为经不起咀嚼横排的散文。而当我读到梁老师的作品时，觉得他所写的，确实是诗！在生动的形象后面，有深情的抒发，有人生的寄托。当然，我不能说，《心路》里的每一首诗都写得很成功了，但我赞赏他明快中蕴含深意的风格。至于他写的一些"仿古体"，由于被字数绑住手脚，则建议少写为宜。

近年来，廉颇老矣，工作也有点忙乱。家有老病妻，亦需要照料。所以，梁老师寄来的作品，实在没工夫拜读，耽误了一些时间，很不安。记得前年在办公室里，曾和梁老师交谈过几分钟，现在，连其尊容，也忘记了，君子之交，可淡如水。不过，我们都在康乐园工作，都希望学校办得好，都希望学生学得好。共同的心愿，让我排除困难，努力挤出时间，向对文学有兴趣的理科同事学习。以上所说，仅是一点阅读的体会，聊供参考。

2017/9/30 于中文堂

（《序》作者现为中山大学中文系教授，博士生导师，国家古籍整理出版规划小组成员，全国高校古籍整理研究委员会委员，中国戏曲学会副会长，中国古代戏曲学会会长，国务院中央文史馆诗词研究院顾问，广东省文史馆名誉馆员。曾任中山大学中文系主任，国务院学位委员会第二届学科评议组成员。）

挺 （吴川海滩）

海，沙滩

浅浅的海
弯弯的滩
海是童年的梦想
滩是梦想的摇篮

野炊地
几里路
沙滩垒起三脚灶
众人拾柴把米煮
汗味烟气齐熏蒸
林边蜥蜴逃入窟
夹生饭
咽下肚

礁石间
捉鱼虾
石子贝壳一把抓

鱼从手旁溜走啦
岸边冲上胖海蜇
捡到一个乐哈哈
潮水涨
往后拔

蓝蓝的海
白白的滩
海是青春的旋律
滩是旋律的琴弦

小小船
摇呀摇
搭艇出海头一回
喜喜惊惊如波涛
回望大陆群山起
海岸线已消失了
水迷茫
人逍遥

夜蒙眬
蟹出洞

大蟹踌躇在礁泥
电筒指向逮个中
蟹仔成群滩上嬉
一竿扫去倒栽葱
情在烹
味无穷

1971.10

中大校园（怀士堂）

走进校园

满怀激情
背负行囊
我走进
大学校园

晚霞万象
大道康庄
一片郁郁葱葱
处处红墙绿瓦
新学员的心啊
火一般炙热,海一般波动

临行时
亲人好友
语重心长的叮咛
又在我耳边回响……

打断思绪的
是前来接待的学长
似曾相识
一把接过背袋
几声亲切问候
把一整天的疲劳,全扫光

走出礼堂
走过草坪
弯弯曲曲多少回
终于站在宿舍前

这一夜
不知何时入睡
想了很多
梦了很多
……
理想,重托,前途,希望

1974.09

图书馆理科读书小组

有几位
好读书的理科人
利用课余时间
读了几本文学书
然后
围在一起
谈谈感受与收获

一切
似乎很简单

我们拘泥于形式吗
我们吸取了精华吗
我们荡涤到心灵吗

有时候
我想

自己融入人物当中
经历
水深火热
悲欢离合
但求
脱胎换骨
天长地久

1975.06

献血

当听到有一位老师因病住院需要输血时,我们班的同学纷纷报名……

学子齐揭臂,

为因长者患。

红心献热血,

雷锋在人间。

1975. 10

在八木零一课室听老师讲课有感[①]

聪敏的脑门
灵动的手

一板一眼
震撼每一个同学心头

物理学此般妙美
曲解她就是荒谬

1976.04.16

注①：八木零一课室——物理系大阶梯课室的惯称，据说早期课室四周用八根大木头作支撑。

遥祝婚禧

——寄赠林旭海、毛宁

远望川乡秀,
碧水浮绿洲。
花逢春光日,
敬君千杯酒。

1977.04.28

笔记本赠言

毕业了
送给您的……

一个本子
虽小
却可以
记写
难忘的岁月
浪漫的诗篇

心情
在纸上舒畅
知识
在页中积累
希望
倾注于字里行间

让这小本子
永远陪伴您

1977.12

中大码头

中大码头

小小码头
家门口
早听歌
晚溜达

潮起潮落
鱼儿跳
登船坞
过引桥

船来人往
搭载忙
可乘风
可观光

海天世界
多姿彩

路漫漫
通四方

凭栏回首
心逐浪
汽笛鸣
渐行远

1978.08

天堂通

——和陈彪同志

事业家庭圆新月,
长夜已过天放红。
道路弯曲光明在,
合力攀登天堂通。

1980.04

附：陈彪原诗

寄言妻儿[①]

奔离家园难舍月，
向夜难眠天又红。
未见孩儿情更寄，
来日可揽二小雄。

注①：陈彪老师刚刚喜得一对双胞胎贵子，而妻儿又在遥远家乡……，两地分居的问题急待解决。

放

张心为弓,
抖神作箭。
弹开锁眉,
冲向无边。

1981.02

李秀芝人物头像对描

——看《大众电影》1982年第2期"牧马人"影照

这一张普通人的脸
记载了十年间的变迁
眉梢刚抖掉大草原的残雪
丰腮已显露生命力的红艳
明眸凝聚着
  新生活的向往
睫毛痕留住
  旧阵子的辛酸
这里蓄含勤俭持家之欢慰
这里紧连善良纯洁之心源
轻轻把脸一侧
不稀罕飞来的荣华富贵
靠自己劳动得来才最美最甜
嘴角边的一抹喜悦

是默默在言：
　"你会回来的
你可以离开我
难道你能舍下——
孩子的笑声
乡亲的宽怀
草原大地的无际无边"

1982.06

雨中行

终于
打破了沉默
这——
沥沥雨声

你说它来得突然
不
那呼唤的风
那浓厚的云
早已送来雨的信息

怎么
你也在沉默
是倾听
雨的交响乐
还是讨厌它
弄湿你的洁净裳衣

毕竟
村边还未到
这一阵雨
莫非来得过早
给前头的路
披上一层泥泞

这雨
沙沙直下
杂乱无章
它急着去滋润那干裂的大地
为田野送上生命的乳泉

如果
你也希望
那幼嫩的青苗
秋后沉甸金黄一片
你当会
轻轻地伸出双手
接一口
这甘露般的雨水

哪怕
只点点滴滴
也从嘴边甜到心上

走吧
悄悄地
伴着雨点
再静静聆听
这春天的乐章
不管
脚下的路
泥泞，再泥泞
路
不是走过来了么
一步，又一步
倘若
回头看看这踏实的脚印
再想想秋天收获的情景
你当忘却
跋涉的疲倦
更会记住
这深情的雨声

阵阵的雨
洒向漫漫长路
沉寂的路也和声欢唱
这雨点打在你身上
可把你的心鼓敲响
难道
还不相信
这细雨汇流
几番迂回
几经周折
淙淙灌进苗田里
一去不回头

假如
你要求
它也情愿
再来过千遍万遍
纵然粉身碎骨
也让苗儿喝个够

1982.08

赴长城途中

　　在北京进修学习期间，某日早上乘大巴去游览八达岭长城，车开到半路，遇上大塞车，排成长龙足足等了两个多小时……

朝临长城车马熙，

轮阻八达望转机。

山峦层叠何处去，

游子无奈饿肚皮。

1982.09

北大未名湖

秋临北大未名湖[1]

久仰北京大学未名湖。九月间在京进修学习，幸得一游，秋高气爽，山水塔柳，景色迷人，读书气浓，兴作一首。

娇枝垂钓诱塔影，
古镜何名照天青。
初探涟漪一撒手，
洒向尽是读书声。

1982.09

注①：本诗发表于"北京大学校刊"第310期，1982年10月8日第4版。

归途

——离开北京火车站

火车徐徐出站了
心头何等的滋味
闪过的万家灯火啊
是在挥手送别
四十余天的经历
胜度光阴十载
今天踏上归途
怎不泪满眶

多少昼思
多少夜梦
而今如愿以偿
首都啊
再见了

您的风采，您的气魄
您的雄姿，您的理想
铭记在心间

今日里
不是归途
正是征途

1982.09

火车

轰隆,轰隆,轰隆
鸣笛震太空
浩气贯长虹

昂首
红星闪闪
祖国光辉照前程

阔步
车轮滚滚
人民力量势无穷

前仓
油海、煤山、钢铁长城
好一派北国风光

后载

金谷、红果、六畜兴旺
带一身南疆花香

跨天堑，穿隧道
听不完的千歌万曲
看不够的锦绣山河

                    1982.10.01

北江抒怀

北江
我的向往
今天
倚在你身旁
望不尽
连绵的山
多姿巍峨
流不断
奔腾的水
清莹泛波

啊
北江
山明水秀
唤起我心中的爱
两岸人民
与你相依为命

多少田地
需要你滋润、灌溉

什么时候
我的脉动
才能合拍着
那波涛的起伏
什么时候
我的心音
才能伴奏着
那浪花的欢歌
……

1983.07.18 于广武列车上

武大校园远眺

武大校园傍晚散步有感

暑假期间到武汉大学进修学习,入住在山边的招待所。晚饭后,夕阳斜照,风清路静,老师们三五成群……

远眺东湖近郁葱,

同志常逢曲径中。

踏遍珞珈鎏金路,

笑谈南山不老翁。

1983.07

汉阳古琴台

汉阳古琴台

  在武汉学习期间，本人参观了当地一些名胜古迹。汉阳古琴台记载着春秋战国时期俞伯牙与钟子期两人结为知音的传奇故事，千百年来在民众当中广泛流传。这也是本人一直向往之地……

  江台一古琴，

  弦心扣游人。

  高山流水曲，

  何处觅知音。

1983.07

中大广寒宫

中大东湖夏夜①

　　天上的广寒宫在月亮里，地上的广寒宫在康乐园、东湖边……②

　　　　轻风送爽到堤廊，

　　　　灯月映水两"广寒"。

　　　　侧听蛙声传信尔，

　　　　嫦娥问借此银光。

　　　　　　　　　　　　1983.08

　　注①：本诗发表于"中山大学校刊"第53期，1983年10月13日第6版。
　　注②：广州中山大学的校园名为康乐园，校园的东湖旁边有一幢富丽典雅之楼阁建筑，一直作女学生宿舍，称为"广寒宫"。

秋 情

秋情

——题林伟球所摄的《秋情》照

别叹息
深秋的凋零
放眼在
明月的光影
她给你
一团燃烧的火
莫学那
几片飘逸的浮萍

1983.11

希望①

晨曦中的
一线光

海平面上
一杆桅

出来了
出来了
我已经见到了

虽是
刹那间
却令人眼花缭乱

仿佛
阳光灿烂
千帆满载

此时此刻
我
在天水边唱歌

1985.04

注①：本诗发表于"同学会会刊"第 1 期，1985 年 4 月第 2 版。

规矩二则

有才（之一）

有才有才，
随叫随来。
若叫不来，
便是蠢材。

1986.05

意见（之二）

意在哪里，
见到何方。
利欲之下，
屁都跑光。

1986.05

中大哲生堂

哲生堂①

顾陋室闲居
点几花草
心求净

仰高天凌云
掠了烟雨
燕飞歌

1987.05

注①：哲生堂，以孙中山先生之子"孙科，字哲生"的名字命名。哲生堂二楼是我工作和居住了六年（1983—1989）的地方，我怀念这一段驻楼值守生活，怀念在哲生堂四周屋檐下栖息的几百只小白腰雨燕。当时写下了这首诗。

气功班有感

人人学气功
我亦不放松

清晨去站桩
静立对月光

意念在丹田
呼吸循路线

汗水湿衣裳
蚁感经络间

物质本无形
心想事竟成

有人喜气涌
有人烦无踪

只要肯用功
周天更畅通   1988.04.15

珠海游（二首）

过伶仃洋（之一）

走向
一望无际的大海
我很渺小
却不孤伶
海是母亲
我是儿子
依偎大海
我尽情地倾诉
大海拥抱了我
深深的爱抚

风风雨雨
起起伏伏
在颠簸中度过

伴随波谷的沉韵
享受浪尖的铮音
不是一时
而在一生

1990.12

登桂山岛（之二）

海有万山
偏爱桂岛
像一位威严的哨兵
屹立在伶仃之端
沙沙石石
隐现金戈铁马
草草木木
烘托先圣风骨
渔歌放唱
万物复苏

入地道
上山岗
极目远眺
察天下风云
任波涛汹涌
背靠十亿
无上光荣　　　　　　　1990.12

童话世界①

好久好久以前
一群黑颈鹤
栖息在岷山南段朵尔纳峰北麓
产下不知多少的蛋蛋
并孵出了幼鸟
后来
神鸟们都飞走了
雪山舍不得，哭了
眼泪倾盆而下
不知多少个日日夜夜
当雪水一泻平川
水花蹦跳，晶莹闪亮
变万顷珍珠
当雪水坠落悬崖
水花四溅，瀑声轰鸣
引银河天降
当雪水浸润了植物

漫山红叶，花草妍艳
织铺天画锦
雪水灌遍了大地
一切都变了模样
在黑颈鹤孵蛋凹下的地方
冒出了一个个大小不一的"海子"
清澈透明，倒影如镜
色幻幽绝，其趣无穷
左看右看上看下看
是红是橙是黄是绿是青是蓝是紫是灰是白
什么都不是
是天上的云吗
由远而近，由小变大
看清楚了，是一群黑颈鹤
黑颈鹤回来了
黑颈鹤回来了

1991. 10. 12

注①：四川九寨沟被誉称为"童话世界"。

四川黄龙

黄龙行

向上
向上
从龙尾
朝着龙头
风雪已过
人流如虹
走在龙背上
纵横四周
古木参天
雪顶入云
这边
幽谷吐翠
仙气缭绕
那边
鸟兽共舞
陡壑飞泉
跨过

一片又一片的鳞甲
七色斑斓
波光潋滟
层层叠叠
迂回蜿蜒
感受真龙
感受大自然的造化

向前
向前
龙是炎黄的化身
我们是龙的传人

1991. 10. 14

黄山情

逢歙地风和
思五岳花开
还一个心愿
蛙声十里接入来

奇景荟萃
游哉乐在

踏一级梯磴
摘一朵云彩
异石无须看
迎客松前停下来

此地留影
歌颂诗载

上天都绝顶

瞰群峰烟海
笔墨在胸中
鲫鱼背上迈过来

万千画卷
梦里天外

       1993.06.20

庐山游（六首）

雨上匡庐（之一）

茫茫山路行
手持一把伞
雾在悬崖上
人在云雾中

1998.08

庐山含鄱口

含鄱口（之二）

上雨[①]
下雨
在风中屹立
无遮无挡
炼就一身浩气

日出
日落
在云里坐行
无牵无挂
吞吐万千光环

1998.08

注①：上雨——有雨时，由于地理环境的特殊性，当山峡的气流上升动力超过地球吸引力对雨点的作用时，就会出现雨点从下抛向上空的"上雨"现象。

仙人洞（之三）

这是仙人居住的地方
避风、休息、汲水……

这是凡人供奉的地方
烧香、叩头、求签……

仙人脚踏实地
凡人遐想无边

1998.08

青玉峡龙潭（之四）

秀峰由香炉、双剑、鹤鸣、龟背、文殊等诸峰组成。有"三千尺"之称的黄岩双瀑布从峰上奔泻到青玉峡龙潭，激起万斛珠玑……

龙源何处
飞流归大海

神龙安在
惊涛拍秀峰

1998.08

白鹿洞书院（之五）

静静地
卧在环山之中
庭院抱翠
碧草映阶

棂星门
独对亭
流芳桥……
如见千年烟雨

礼圣殿
明伦堂
御书阁……
尤闻先贤诵诗

匾额、石刻
古训铭心

蝉鸣、菊香
野趣醉人

悄悄的
伏在一水之边
志在海角
志在中原

1998.08

庐山三叠泉

三叠泉（之六）

泉可叠
　泉可叠
　　其势不可折
势可折
　势可折
　　其流不可断
流可断
　流可断
　　其魂不可灭

1998.08

登滕王阁

瑰伟绝特何欣赏,[①]
径向高阁寻诗章。
拾级渐觉鹜声近,
一江烟霞写南昌。

1998.08

注①:韩愈作《新修滕王阁记》曰:"愈少时则闻江南多临观之美,而滕王阁独为第一,有瑰伟绝特之称"。

人生

人生是一场拼斗
在逆水中行舟
饱经风浪
几番波折
紧握橹你不能松手

人生是一台大戏
扮演一个角色
该乐就乐
该愁就愁
要上就上要走就走

1999.07.21

书店

书店是一块磁石
吸引了贫铁的我
我那无序的锈脑分子
在书场中被磁化
顺意排列组合
增添新的元素

书店是一壶香茶
吸引了乏味的我
我那迟钝的嗅觉末梢
在书香里受熏陶
品尝清淡浓郁
渐渐沉积盈韵

我常常走进书店
在书堆中穿行
面对浩瀚的智慧海洋

徜徉在海滩上

有时采几朵浪花
偶尔拾半个贝壳
无意留落的一串脚印
已被起潮的海水抹平

2000.08

参观韶山毛泽东同志故居

踏着无数人的足迹
圆了孩时梦
我走到
凝重的老屋前

田径、塘基
绿水、青山
几间农舍,坐落有方
永远的模样

没有彩旗
没有喧哗
不一般的平静
如大海深处

难掩敬仰之情
我又见到巨人的身影

叱咤风云,开天辟地
坚毅自信,瞩望未来

2002.11.16

课堂的眼睛

课堂有一双眼睛
特别明亮
好比迷茫中的灯标
指示着航行的方向
虽然是有限的一个点
却带来无限的希望

课堂有无数的眼睛
眨闪眨闪的
就像夜空中的星星
充满智慧和幻想
是那么的遥远
却又在跟前

那一天
老师的眼睛
同学们的眼睛

目光自然而遇
这是粒子间的碰撞
也许
湮没沉寂
也许
产生聚变
一切
一切
都是力量的源泉

2004.09

等待

在漆黑中
也将眼睛蒙上
在寂静处
也把耳朵遮掩
不再去想什么
由心休眠

滴答滴答
时间在运转
连续不断
从遥远遥远
不必跟着走
任其茫然

该来的
说有缘
身边走过许多许多

却空了一年又一年
为了那一刻
经受无数考验

冥冥中
终有一飙雷电
划破时空
为你闪现
你想到与想不到的
一同奉献

2005.03

香港合一亭

合一亭[1]

细雨濛濛
校园菁菁
沿着山路回旋而上
登高致远
到了！不知谁说了一声
不远处
半叶廊檐
双树婆娑
一池浅水见不着边
与远处大海天空成一片
人自其中
浑然一体
顺其自然
对了
天人合一，和谐而一统
山海开阔
路通四方

以人为本
根系祖国
曙光中与世界同在一起

2006.06

注①：合一亭——香港一景，位于香港中文大学校园内。笔者在香港中文大学、香港科技大学参观学习期间，顺路游览。

耕牛与小草

继续吧
我的老友
肩负重任
拖挂犁头
往前走
时间
空间

默默地
用筋骨去耕耘
用汗水去浇灌
春播
秋收

请把我犁除
脚撩到田边
累了、饿了

就连根吃下
再
消磨
消磨

尽然
然尽
变成一堆粪
我也
新生

2007.11

拔河

  2008年元旦前夕，学院大楼丰盛堂门前举办了一场大型的教职工拔河比赛。只见广场上沸沸扬扬，各路人马正陆续登场，拔河绳一字摆开，双方队员个个摩拳擦掌，提绳排阵，裁判员站立在中点，示旗叼哨，……准备……霎时间——

    劲发威兮声撕裂，

    哨响旗动军对峙。

    步步紧迫移半寸，

    同心合力正当时。

        2008.01.05

请高歌一曲

——记 2007 学年度第一学期期末同事聚会卡拉 OK

放开喉咙
敞开心扉
请尽情地唱

新的歌,老的歌
水的歌,火的歌
……

因为同路
因为同志
歌从心坎迸发

除了疲劳
丢了烦恼
请忘情地唱

一行字,一番意
一串谱,一咏叹
……

因为共鸣
因为共享
歌在丹田升华

满怀希望
憧憬未来
……

接过同伴递来的咪（Microphone）
还犹豫什么
唱吧

2008.01.23

5.12 问川

5.12 问川①

阵阵巨响
天崩地裂
沙石压来
黑暗袭来

我的亲人
我的家园
你在哪里
你在哪里

雨在狂
风在吼
地在抖
天在泣

墙倒屋塌
哀鸿遍野

生灵涂炭
穿心断肠

是什么吞噬了万千性命
是什么打开了地狱门洞
为什么这么突然
为什么这样无情

裂开的心在呼唤
震颤的手在挥动
你在哪里
你在哪里

……
……
……
……

2008.05.12

注①：2008年5月12日，四川省汶川县发生8级大地震。

误点

——写在南京机场广州航班上

天不作美
广州上空雨盆倾
起飞无期
只有从命

心已躁动
南京机场少闲情
滞留多时
我意入静

2008.06.20

冬临北大未名湖

冬临北大未名湖

　　冬日里，重游北大未名湖。湖之周边草木凋零，一派寒意，第一次踏上冰封的湖面，使人激动不已，而北大的老师同行们传授工作经验，并引领我们游览校园的热情和用心，更使人倍觉温暖。

　　　　博雅依旧叶已黄，①
　　　　壶有冰心人未寒。
　　　　足踏极地欢声起，②
　　　　北大学长指路忙。

　　　　　　　　　　2009.01.06

　　注①：博雅——湖边博雅塔。
　　注②：极地——指北极或南极极圈以内的区域，这里形容冰封的湖面，亦隐喻最高学府。

太极

两袖拂起阴阳动,
心静气和身放松。
圆活舒缓意不断,
延年益寿是初衷?
老论还宜明师教,
招式尽在境界中。
推手着化始懂劲,
内功炼就终归空。

2009.08

参观校友刘修婉女士书法艺术展有感

健筋劲骨脉相连,①
精雕细琢意自然。
疑是诸圣动鬼斧,
却为淑女妙手添。
如火如歌学子情,
可沁可掬甘芳泉。
悠悠岁月可往矣,
留我一片净心田。

2009.11

注①:本诗发表于《中大教工》2010年第1期。

郊游（四首）

上路（之一）

晨起一阵风，
村寨仍蒙眬。
深竹间丛果，
车过多少重。

2009.12.15

白水寨（之二）

峭壁走栈道，

万阶上云雾。①

飞流远三叠，

有水胜庐瀑。

2009. 12. 15

注①：从山脚至山顶，共有9999级石阶。

半山亭（之三）

途半稍歇息，
累了豆腐香。[①]
旅伴相扶持，
此后路更长。

2009. 12. 15

注①：当地特产香甜嫩滑的豆腐花。

畲族村（之四）

双桥入泥径，

村画说段古。

酒坊蒸烟起，

未闻人先醉。①

2009.12.15

注①：醉酒的小故事：有三人比酒量，甲曰：吾喝半钱便醉，乙曰：吾闻到酒的味道就醉，此时，丙突然倒地，众人忙扶起问之，丙曰：吾听到"酒"字已醉也，众人大惊。

康乐园怀旧

——答骆驰

如梦年华逐逝川,
康园三十二年前。
相逢已是曾相识,
对酒当歌书桌沿。
海珠凝成成珠海,
中文有缘缘文中。
他日造访藏丹阁,
学君挥毫倍行健。

2010.02.13

在一起·先生·后生

——参加校友座谈会有感

和后生在一起
和花儿在一起
和活力在一起
和聪明在一起
和希望在一起

我又一次端祥这张张笑脸
我欣赏着万紫千红的鲜艳色彩
既天真烂漫又海阔天高
说话是那么坦诚又妙语如珠
我看见前面一片光明，后生成才就是我的期盼

和先生在一起

和大树在一起
和重心在一起
和智慧在一起
和辉煌在一起

我又一次聆听这谆谆教诲
我享受着冬暖夏凉的绿荫呵护
既不知不觉又全神贯注
哲理是此般简单又深邃无边
我探究长辈人生旅程，先生成就亦是我的荣光

2010.04.25

人物素描

——记校友、某国企高层干部

这是一个官
却一副普通人模样
半头白发
记载着岁月沧桑
酒杯杯
和人人
好一身本领
满腹经论
胸有大局
不愧我同窗
从低层做起
用事实说话
坦诚道来
千百个理
智商情商
教你细细思量　　　　2010.07.29

高州水库

高州水库

群山环抱
平湖翠月①
飞舟逐浪
鱼潜谷底
心为天开
境顺水造
高坝屹立
人民力大
福泽四方
恩情如海

2010.07.31

注①：高州水库又名玉湖，湖中的诸多绿岛，其中有称谓"七星伴月"。

第十六届亚运会开幕式（广州）

沸腾吧！广州

——写在第十六届亚运会开幕日

深秋
初冬
金黄地
果实结满
这是收获的季节
让我们拥抱您啊
——亚运
就像
母亲轻搂住初出世的婴儿
孩子紧揽着新升学的通知
数月
数年
这一刻多么漫长
倾注
等待……

就在今天

火树
银花
不夜城
鼓炮响起
这是无眠的日子
让我们欢呼您啊
——亚运
正如
即时星光灿烂的灯海船龙
到处绚丽多姿的万紫千红
载歌
载舞
跨越过云山珠水
奋起
希望……
就在眼前

2010. 11. 01

芙兰花开[①]

——赞中山大学"芙兰奖"

康乐园中未名处,

自洁自芳发新枝。

日上日妍香留地,

吐蕊时节奉光曦。

2010. 11. 18

注①:中山大学"芙兰奖"由两位热心校友(夫妇)捐资设立,是继原有"芙兰励教奖学金"等奖项之后新增设的奖项。"芙兰奖"等奖项,提倡"芙蕖自洁,兰若自芳"品德,以奖励母校各学院科研学术贡献突出的个人和团队。许多年来,人们一直不知道捐赠者的真实姓名。

第八届中国（珠海）航展

参观第八届中国（珠海）航展有感

呼啸直上击长空，
喜看海天走歼龙。
疆土未圆无晴日，
铸剑练枪是正功。

2010.11.22

卓光炳老师与其椰香斋

纸砚滩上笔墨家,[①]
长卷清香走天涯。
海阔童真康乐情,
腹有诗书气自华。

2011.04.05

注①:纸砚滩——海岛沙滩,海岛滩边沙子洁白而细柔,似一幅平铺的宣纸;滩头礁石,像一只天然的砚台。

祝寿[1]

张灯结彩展福寿,

岁岁耕耘犁未旧。

万紫千红霞光里,

桃李芬芳乐悠悠。

2011.06.12

注①:为恭贺老师八十大寿而作。

参加61届校友毕业五十周年聚会有感

康乐园中沐金秋,

五十载来志正酬。

老友新朋同庆宴,

醉在倾心不在酒。

2011.09.04

新年锣鼓响

——记学院 2012 年迎新联欢会

敲响新年的锣鼓
迈开春天的脚步
让我们乐呀
让我们笑呀
在明媚的阳光下
在璀璨的灯影里
我们走在一起
从各个岗位
从四面八方
忘却工作的疲惫
擦去眼镜的尘埃
回顾往日的事情
有喜悦也有遗憾
谈谈今后的工作

有思绪更有信心
尝一颗糖吧
让点点滴滴甜到心里
珍惜这一步
走好每一步

奏起希望的乐章
旋动青春的舞步
让我们唱吧
让我们跳吧
你笑他笑大家笑[①]
山转水转人也转
我们围成一圈
有独唱合唱
有时装舞蹈
换上鲜新的衣裳
抖擞摇曳的风采
唱不完的家乡曲
赞不尽的祖国颂
科学发展创新路
宏图大业始足下
抽一回奖吧

将大大小小赢入囊中
今天一小步
明天一大步

2012.01.10

注①:"大家"——既指我们全体,又指已经成为"大家"和正在成为"大家"的老师们。

清华校友剧艺社诗歌朗诵会

老战士的诗歌朗诵

——观听清华校友剧艺社诗歌朗诵会有感

听吧
听吧
如黄河壶口水般奔腾喷薄的
如春天百花盛放百鸟争鸣的
是老战士的声音
这是
时代的旋律，历史的回荡
使命的呼唤，前进的号响
老战士的深厚情怀
使人们联想到清华园当年
当理想插上了翅膀
就不再复返
从那时开始
跟随共和国一同成长
我们希望走宽展笔直的路
可前面道路并不平坦

我们愿意趟轻波细流的滩
却常常遇上狂风激浪
但是
我们有五千年文明的优秀传承
我们有人类最美好的崇高理想
是在身体中已经点燃的火团
炼精化气
面对天地间呐喊
这声音穿越时空
在五湖四海荡漾
用语言激发共鸣的力量
这力量
矗立人生的信念
这力量
凿出生活的源泉
这力量
排山倒海，擎起民族的脊梁
不管多少艰难险阻
我们都闯过来了
伴随老战士的
永远是
心中的诗歌飞翔　　　　2012.04.23

黄河·兰州

饱含黄土
滚滚而来
从我心中流过
留下多少旋涡

正值洪峰
并无惊动河边岸柳
依然休闲自在
车水人龙，欢歌笑颜

山还是那座山
荒芜灰茫
人与大自然斗了几千年
此处却无从突破

我羡慕上帝的恩赐

如沙特的油田，巴西的铁矿
我更希望，母亲用智慧和乳汁
润泽这山川，变绿洲一片

2012.08.25

雨随心

——喜《化雨》一书在壬辰年中秋日面世[①]

书不厚
沉甸甸
心有诚
月就圆

我愿此书乘月光
洒落人间

变清风雨露
吹爽田野
滋润土地

变绿叶熟花
日合氧气

夜来益香

变九沙一石
随水漂流
激起千层浪

2012.09.29

注①：《化雨和春彩虹路 校园文化个人行》一书，以诗词作品为主线，其中包括本书编者诗作 31 首及对联 10 副，两位校友的诗作共 17 首，分别以"海纳百川""佳日欢喜""校友情深""心之共鸣""源远流长"等五个主题，图文并茂地展现了相关的校园文化风貌。全部作品的时间跨度为 50 年。

五童哀歌[1]

不要问从哪里来
吾是散的风
吾是乱的云
无头无绪
无东无西
手拉手
四方漂泊

不要问到哪里去
吾是白的灰
吾是黑的尘
无斤无两
无声无息
背靠背
火中飞花

2012.11.20

注①：时间在 2012 年 11 月 16 日，地点在某省某市某区，有 5 位流浪儿聚在 1 个垃圾桶内生火取暖避寒，后因一氧化碳中毒身亡，据说，最大的 13 岁，最小的 9 岁……

梦

闪闪
烁烁
如星星遨游在太空
当一颗星穿越了黑洞
足以把宇宙照亮

多少年前
由于地球有了水
就支撑起生命
而大地枯竭
没有水了呢
没有水时也许没有了引力
于是
生物可以轻松地飞向天际寻求
那阵子
任意空间
无限时间

自由了

自由了吗
不
还有"我"
本我
不知是上帝的恩典
使之满足人性的欲望
还是魔鬼的枷锁
把理性紧紧地套牢

自我觉醒吧
一切都会好
超越自己吧
就像穿越了黑洞的星星
光芒自在

2013.06.07

粽

淡淡的甘香
裹着一层绿
是家乡的风味
唤醒了童年记忆
实在并不遥远
有多少的馋
有多少的趣
统统包含在这个里

2013.06.09

美丽传说

——喜《群芳谱》一书在癸巳年国庆日面世[①]

百花吐艳
万紫千红
我喜欢花
在花苑里漫步
每一朵花蕾都停留过我的目光
大多数尚未认识
阵阵花香使人流连忘返
我尽情地呼吸
我感受到春天来临

海纳百川
有容乃大
我热爱海
在海滩上溜达

每一溅水珠都折射出世界精彩
汇集成五光十色
神秘的海引人潜行探索
我屏住了呼吸
我已见到大洋彼岸

编一本来访学者的书
献给来访学者
书中的每一页
都留下岁月痕迹
一位名师
一个记载
金砖玉石垒起了科学殿堂
在默墨无言中
直到永远

2013.09.29

注①：《群芳谱·学术报告海报集》一书收集了本书作者在 2011 年 10 月至 2013 年 9 月的两年间，用毛笔为中外来访学者书写的大幅学术报告海报（保留为照片），共 126 幅；其他附录 17 幅。海报成册很好地反映了学院的学术气氛，而手书作品更亲近人。

汉字万岁

——观看电视"第一届中国汉字听写大会"有感

每一个字
都牵连着千百万观众的心
是小伙伴们的
根基
功力
灵感
打动我们每一个人

场内场外
心在一齐跳动
手在一起写划
一横一竖
饱蘸着祖宗的智慧
一撇一捺

遵循着千年的图腾

一轮
又一轮
不离不弃
不屈不挠
不骄不躁
振奋起
中华民族的精神

2013.10.20

广东罗浮山

秋得浮山半日行①

一池碧水映云飞,

将帅楼前百草栖。

诗境幽道淙淙泉,

古观香盛东江美。

2013. 10. 26

注①：浮山——罗浮山，位于广东省博罗县境内，其最高峰名为飞云顶，海拔1296米。

一束光

——为学院"化学与人生"诗文征集而作

清晨
太阳刚露脸
一束光
透过窗户的间隙
洒落在墙边床沿
亮亮点点
唤醒睡人,并使之开朗

中学时
老师用三棱镜
将一束光分成七彩色
我觉得很美妙
大学里
在光束的实验中求知
光有发射与吸收……
光是波也是粒子……

工作后
我接触到许多光的仪器
红外光、可见光、紫外光、X 光
一束束的光，辉映华章

用光去研究物质
已不稀奇
用光去改造自然
亦在自然之中

我期待的一束光
乃是
"希望之光"
远在天边近在咫尺
只是需要时出现
当我起步时
给我加电
当我遇到困难时
激发我的智慧和力量
当我在迷茫中徘徊时
照明路向
引领我的身躯携灵魂一同向前

2014. 11. 25

参观方立艺术展有感

用手行路
每一步
都亲吻大地
感受故土的炙灼
我情愿
思想被熔化
与泥复合

用心写画
每一笔
都搅动热血
合拍山河之起伏
我看见
生命有灵性
在世闪光

2014. 11. 29

中国大画家①

柳暗花明众生栽,

山重水复独木过。

水煮囚鸟烤判官,

台前幕后有话说。

2015.02.01

注①:《中国大画家》——是由广东卫视等单位主办并现场实时播出的一档文化艺术竞技节目。

走过四十年

——记同学四十周年聚会

四十年过去
弹指一挥间
从春天
走近夏日
亲爱的同学
您还好吗

每一张鲜花绽放的脸上
都有着相同的一个答案
尽管
黑发掺杂着白发
汗水冲刷出皱纹
您依然
豪情如火

柔情似水
只要你在
一切就好

从不识到相识
从无知到相知
同学啊
纯真，平等
快乐，勤奋
在教室饭堂
在灯前树下
处处留下你我的踪影
四十年前的那一天
命运之神已把我们紧紧牵连
无论你走到哪里
东西南北
海角天涯
你始终印在我心间

一路走来
四十年
多少荣耀已成流影

多少伤痕已经抚平
然而
那一段同学时光
在心底处的最美好记忆
却焕发光华
同学啊
重新开始吧
张开你的双臂
拥抱夏日
接受火辣辣的热吻
收获金灿灿的明天

2015.05.18

希望城市

蓝天
白云
无色的河
昨日的灰霾已不见踪影
大雨变涌水轻轻的流去
迂回处
花草芬芳，树木成荫
清新的空气令人陶醉
公园和社区相连
楼房高高，听得到人们互相问候
庭院深深，看得见孩子一起嬉戏
周围并不陌生
街道热闹，车辆路路通畅
市场繁荣，诚信关乎人生
以人为本，回归自然
节能的机器减少了噪声废气
远方的垃圾处理厂无烟无味

享受生活
图书馆，音乐厅座无虚席
文化艺术为当今第一需求
倡导精神文明
助人为乐是社会风尚
普天之下系正的能量
珍惜好时光
活到老，学到老
身体健康有新医学新理念
科学是发展动力
信息化，智能化，物联网
理想与开创，谱写新的篇章

早晨
匆匆的上班脚步
踏实，自信，向前……
傍晚
幼儿园门前摆手再见的小朋友
是城市的一道美好风景线

2015.10.05

万绿湖[①]

波光粼粼绿无垠,

源泉聚宝气清新。

远放东江润万家,

近酿玉液暖友人。

2016.01.07

注①：万绿湖即新丰江水库，位于广东省河源市境内，其水质常年稳定保持在国家地表水一类标准。

祝愿·艺校小朋友

形象

——题江华所摄的《祝愿·艺校小朋友》照

明眸善睐对镜子,
娴静犹如花照水。
一旦芙蓉出水笑,
婉若游龙展才艺。

2016.08.23

辣椒与村落

辣椒与村落

——题可夫所摄的《辣椒与村落》照

辣辣的村落
浓浓的情
辣辣的画面
就借你这一抹的劲

这一抹
长的短的
骤然摆停
方的圆的
追光落定
远的近的
阵容分明
高的低的
楼台佳境

绿的蓝的
青衣入静
红的黄的
显现了火般的姿影

见不到人
竟有曲听
触不到物
享受新清
闻不到辣
却呛得
我的双眼直冒金星

啊
充实了的果实
现实中的真实
这是
勤劳和智慧的结晶

2016. 09. 10

画念

——有感于同学的一幅遗画

留空意相随,^①
见虾如见水。
虾儿不知故,
呼唤主人回。

2016.09

注①：留空——留有空白,亦即中国画的"留白"技法。

悉尼(歌剧院)海边的傍晚

晚夏之歌

——题林师所摄的《悉尼（歌剧院）海边的傍晚》照

太阳尚未巡远
在天边写下了几行留言
这娇雅的笔迹
似追逐我的童年
那近乎玫瑰般的色彩
又象征我年轻时的爱恋
然而
深蓝色拱托的成熟轮廓
才是我今时的模样
宽容
淡定
和祥

我去过世界许多地方

这是我最美好的一段时光
我站在这里为您歌唱
用
满腔的激情
遍身的力量
还有
我的记忆
我的灵感
我的梦想

累了吗
停下来、歇一歇
莫沉迷
近前的贝壳、远去的浪花
因为
明天一早，还要扬帆起航

2016.09.19

后记

一直没想过要为诗集写"后记",总觉得写这类东西有点"拖泥带水"的。最近突然心血来潮,还是要写。

每个人都有各自的人生经历,我也一样。乍一看来,我的道路是平直的:小学、中学、大学,也许是有些人所羡慕的;但期间也停过课,下过乡,进过厂,即使有一份工作,也不会一帆风顺。前几年,有人提议我写"回忆录",倒是触动到我心底,往事就像电影一样,一幕幕连续不断地在我眼前呈现,使心情久久不能平静。尤其是,我想起好多人,他们在我走过的路上教导我、关心我、帮助我,使我能走到今时今日。想到这些,又感到非常之愧疚,因为到目前为止,我还没有真正地去感谢和报答过他们。

记得读小学的时候,最初,我很调皮,也不用心学习,有一天,班主任郑老师在班上公开批评了我,话题一转又赞扬了我的大舅父,原来大舅父曾经当过他的老师,这件事对我震动很大,转变了我的学习态度,自此,我除了上课之外,还经常跑图书馆、新华书店。有一次,一篇经过细作的作文得到了语文老师的肯定和公开表扬,之后就一发不可收。在高小阶段，感谢班主任梁老师，他经常拿我的作文在班上宣读，使我的心智得到良性循环。小学毕业前，我获得梅岭小学全校征文比赛第三名和图画比赛第三名，接着考上吴川县第一中学，这是"文革"前的最后一次广东统考。小学阶段给了我扎实的基本功，有老师的循循善诱，有同学之间的相互帮助和促进，自己明白自己达到什么程度。而后面的中学和大学就没有这种福利了，文学方面只能靠自学，没多少空余时间，也不知去到那里。所以，我常对人说，我的语文水平只是"小学毕业"。

当诗集《心路》即将完稿的时候，少年时读过的一些诗句又在脑海中涌现：春风春雨春雷/绿山绿树绿水/祖国呀，实在太美/望一眼就令人心醉/……这首韩笑写的《春风春雨春雷》朗朗上口的前面几句一直在记忆里。另一首是唐诗：田家少闲月，五月人倍忙。夜来南风起，小麦覆陇黄。……这首白居易的《观刈麦》，我还能全部背诵。我喜欢诗，对诗词有一种特殊的情感，遇上好作品，即爱不释手，读到感人之处，会热泪盈眶。在学习、工作和生活当中，遇到一些事物，给人很深的感触，想表达出来或者记忆下来，用什么方式呢？这时，一直以来耳濡目染的、朗朗上口的诗歌律韵就冒了出来，于是，就可以套用一些了，这些诗歌律韵来自传统诗词和新诗。喜欢归喜欢，这些容易做到吗？传统诗词与之关联的文言文、典故和格律等，是后生一代涉足不深的领域，中国古典文学诗词的博大精深令人敬畏，正是她的博大精深和绚丽多彩，又使我们难以割舍。前段时间，中央电视台举办的"中国诗词大会"，掀起了全国"诗词热"，古老的基因被激活了，传统的优秀中华文化如何去发扬光大呢？我们生活在白话文的世界里，说不定你那一阵子慷慨激昂的演讲就是一篇很好的散文诗，然而，演讲的内容不是每时每刻都存放在你的脑袋仓库里，有时可能绞尽脑汁也想不出一丁点来，更不用谈语句修辞了。我在学习写诗的时候，有时为了一句话、一个词，苦思冥想，到晚上躺在床上也无法摆脱，睡不着觉而两眼发青。因此，有时我也害怕写诗。

写诗要有"思想性""艺术性"，对于一个理科人来说，可能还添加点什么"科学元素"，就不妨戴顶大帽子称之为"科学性"吧。写诗的过程就是观察和思考的心理过程，这个过程是艰苦而漫长的，也会带来快乐和满足。1982年我在北京大学游览未名湖，第一次来，就被这里的风景和氛围深深地吸引，兴作一首：《秋临北大未名湖》，开头一句用比喻手法，将水、塔、柳连成全景；有景象了，再来点动感：把手伸到湖水里去，四周即时泛开一圈圈的波纹，手再捧水掀起来，向空中抛去，碰到的都是读书声：

娇枝垂钓诱塔影，古镜何名照天青。
初探涟漪一撒手，洒向尽是读书声。

1977年恢复了全国高考，到1982年已经好几届，全国人民奋起读书的热情未减，这正是我们所要赞颂的，诗的"思想性"有了，够了吗？这里，引用一位未名诗人的独白："静站湖边，回望百年，那一幕幕如电如闪，在眼前起熄瞬间。清末国运，令多少人可泣可叹！中华古国，终需经历多少磨难？东学西渐，始于维新革变，为图奋强，才造就这千百年来的第一燕园。"未名湖就如一面可以"照天"的古镜。写"新诗"不受格律限制，形式上可以有所变化，例如另一首：《在一起·先生·后生》，同一个人物用五个排比句形容："和先生在一起/和大树在一起/和重心在一起/和智慧在一起/和辉煌在一起"；跟着用五个相关的排比句进行渲染："我又一次聆听这谆谆教诲（对应先生）/我享受着冬暖夏凉的绿荫呵护（对应大树）/既不知不觉又全神贯注（对应重心）/哲理是此般简单又深邃无边（对应智慧）/我探究长辈人生旅程，先生成就亦是我的荣光（对应辉煌）。"这两组相关排比句使整首诗很有气度。写作当中，为使"重心"一词的文学修饰不偏离其科学定义，还专门重阅了《辞海》（理科分册）的相关名词术语解析。总之，写一首诗，就有一个故事。

在互联网发达的今天，信息往来易如反掌，使诗词的学习、创作和交流都充满活力。在岗工作时，我若有新的习作，会和同事、老师们交流，亦获得丰厚的回报："谢谢您的好诗分享，你的随笔一挥就让我们平凡的出游变得尤为意趣盎然，更加回味无穷了！谢谢！""能有幸再次拜读老师的新作，怎一喜悦了得。通读全篇后，我又仿佛重回到当日迎新联欢会的现场，令人思绪万千，……""梁今明贤弟，大作拜读，看来你的业余爱好——诗歌有所积习，希能坚持，正所谓薄积厚发，硕果在望。"一份份热情洋溢的来信，使我深受鼓舞，也使《心路》一书开始萌芽。

完稿之际，得到黄天骥老师赐以大序，这是我莫大的荣幸。黄老师是一位我们敬仰的德高望重的老前辈，恳请黄老师作"序"是我已久的愿望。黄老师在百忙之中能为我作"序"，也是对我最大的鼓励和鞭策。

我轻轻的提起毛笔，凝重地在封面上写下"心路"二字，值此，向教导我、关心我、帮助我的老师、前辈和朋友致以真诚的敬意和衷心的感谢！

2017年10月9日于中山大学

cesljm@mail.sysu.edu.cn